老房子
里的怪事

LAO FANGZI
LI DE GUAISHI

● （英）芭芭拉·米切尔希尔 著

● （英）托尼·罗斯 绘

● 邱 卓 译

语文出版社
·北京·

图书在版编目（ＣＩＰ）数据

老房子里的怪事 /（英）芭芭拉·米切尔希尔著；
（英）托尼·罗斯绘；邱卓译. -- 北京 ：语文出版社，
2021.6
ISBN 978-7-5187-1250-2

Ⅰ. ①老… Ⅱ. ①芭… ②托… ③邱… Ⅲ. ①儿童小
说－侦探小说－英国－现代 Ⅳ. ①I561.84

中国版本图书馆CIP数据核字(2021)第075608号

责任编辑　王　晶
装帧设计　刘姗姗
出　　版　语文出版社
地　　址　北京市东城区朝阳门内南小街51号　100010
电子信箱　ywcbsywp@163.com
排　　版　北京光大印艺文化发展有限公司
印刷装订　北京市科星印刷有限责任公司
发　　行　语文出版社　新华书店经销
规　　格　890mm×1240mm
开　　本　1 / 32
印　　张　2.5
版　　次　2021年6月第1版
印　　次　2021年6月第1次印刷
印　　数　1～3,000
定　　价　25.00元

📞010-65253954（咨询）010-65251033（购书）010-65250075（印装质量）

北京市版权局著作权合同登记号：图字 01-2020-5622 号

First published in 2009 under the title of Gruesome Ghosts by Andersen Press Limited, 20 Vauxhall Bridge Road London SW1V 2SA.

www.andersenpress.co.uk

This Simplified Chinese edition distributed and published by Language and Culture Press with the permission of Andersen Press Limited.

本书简体中文版由安德森出版有限公司独家授权语文出版社出版发行，简体中文专有出版权经由 Bardon Chinese Media Agency 取得。

第 一 章

我由于侦探工作的杰出而名声在外。儿童绑架案，破过；抢劫案，破过；而我上个星期接手的古怪的老房子一案，算是至今以来最惊险的一桩。

一切是这样开始的。我们学校新来了一个女生，叫

安娜贝拉·哈灵顿。她比我高一个年级，有着大大的蓝眼睛和长长的金发。我把这些信息写到了我的侦探笔记本里，还画了张画，以作记录。

上星期三，我正在操场上闲逛，看见她正和迪克茜·斯丹顿（她超级讨厌）并排坐在长椅上。我离她们很近，她们说的话我听得一清二楚。

"真糟糕，"安娜贝拉说，"最近我爷爷家里出了点事儿。"

"怎么了？"迪克茜·斯丹顿问道。

"晚上那房子里好像总有可疑的人影，不知道他们要干什么，"安娜贝拉说道，咬着她的下嘴唇，"房子里不时传出各种噪声，还总是停电！

我根本不敢住在那里。太恐怖了。"

很明显，安娜贝拉被吓着了，于是我挺身而出。"听起来，你需要我的帮助。"

她抬头看了看我，皱了皱眉毛，说道："你能帮我什么？你就是个小屁孩儿。"

我有点不爽。显然，她是个新来的，还不知道我是个鼎鼎有名的侦探。

"我确实是个小孩，"我回应道，"但我有个超级神探的大脑。"

她就说了一句"真的？"便和迪克茜·斯丹顿一起走开了，两个人咯咯地傻笑。唉，女孩们就是这样。

反正我也不会为这事儿烦心。我

下定决心要帮她解决她爷爷家的问题，以便证明我有多聪明。

我是这么干的——

首先，我召开了侦探学员们的例会。他们大部分都和我同班（除了只有六岁的拉芙）。我跟他们讲了我的计划。

"在我们正式开始行动之前，"

我解释道，"我要去搜集一些信息。我得去见安娜贝拉的爷爷奶奶，和他们聊聊案情。"

陶德总喜欢问一些刁钻的问题，他接话道："她爷爷奶奶为什么要和你说话，达米安？你又不是个大人，对不对？"

"简单，"我说道，"我打扮成一个记者，就说我要为报纸写一篇报道。这样他们就会和我说话了，不是吗？"

温斯顿抱着膀子站着，摇了摇头。"你当记者，年龄小了点儿。"他说道。我觉得这话很伤人。

"我能让自己变高。"我答道。

"不可能。"陶德说。

我有点儿不耐烦了。"听好了，我可以穿上我妈的高跟靴子，让自己变高。我还需要一条长长的牛仔裤把靴子遮住。"

哈里·豪斯曼是我们班个头儿最高的男孩，很显然是借牛仔裤的绝佳人选。

"哈里，借给我一条牛仔裤怎么样？"

哈里看着我，思考着（这花了很长时间）。最后，他说道："我可以把牛仔裤借给你，但破这个案子，你得带上我。"

我有点儿拿不定主意。对于这类

难度比较大的案子，我通常习惯一个人行动。

但是哈里非常热心。

"你要是带上我，"他说道，"我还能把我爸的黑色大衣借给你穿，那样你看起来就更像个记者了。"

这让我怎么拒绝？高跟靴、长牛仔裤和黑色大衣是一套极佳的装扮。我还需要假的八字胡。幸运的是，我早就做了一个，是用妈妈工具箱里的棕色羊毛做的。

"好吧，哈里，"我拍了拍他的肩膀，"成交。这案子你也有一份儿。"

哈里激动坏了。"我把我的相机也带上，"他说道，"我来当摄影师。"

这个主意不错。哈里看起来就像个大人。毕竟，他都和我们的班主任伍里堡先生一样高了。

我们计划第二天放学后就去安娜贝拉的爷爷家。一旦我把这个案子破了，安娜贝拉就不会再藐视我，会充满敬意地对待我了。

第 二 章

星期四早上，我把能用上的装扮都塞进了运动背包，告诉妈妈我会晚点回家。

放学后，哈里和我在更衣室里换好衣服，准备往安娜贝拉的爷爷家走①。那栋房子离学校并不远，但我

①　我是从安娜贝拉的朋友（露露·巴特沃斯）那里得到地址的。她说只要我不再烦她，就把地址告诉我。

们花了老半天才走到，都怪妈妈的高跟靴。想正常走路根本就是不可能的，我的脚指头都挤在尖尖的鞋头里，整个人摇晃得不行，有两次差点儿摔倒。我不得不让哈里扶着我走路。

安娜贝拉的爷爷奶奶住在农庄一带，一栋位于瑞格比路的大房子里。那儿有个超大的花园，门前还有两扇大铁门。

"他们肯定超级有钱。"哈里说道。我推开大铁门，走到房门前敲了敲。不知道等了多久，一个老太太把门打开了。我知道这肯定是安娜贝拉的奶奶——她非常老，满脸皱纹，还穿着粉色的绒毛拖鞋。

　　"你们有什么事吗？"她问道。
可能是因为视力很差，她眯起眼睛直
勾勾地盯着我俩。

　　"我是《晚报快讯》的记者，"
我答道，"请问我是否可以问您几个
问题？"

　　她看起来有点儿困惑。哈里晃了

晃手中的照相机，冲她咧嘴一笑："我是摄影师。"这似乎使她更加困惑了。

"您二位还是先进来吧。"她说着，转过身，小步往前蹭着，穿过大厅。"我丈夫会和您交谈的。"

此刻，哈灵顿少校正坐在炉火旁的椅子上看报纸。

"这两个年轻人是记者，亲爱的。"老奶奶说道。

少校合起报纸，抬起头注视着我俩。"记者，嗯？好吧，好吧。现在的警察看上去都年轻多了，记者看着也都像上学的孩子。"他甩过头来，哈哈大笑。我注意到，他有两排十分完美的牙齿，就和安娜贝拉一样。这是假牙吗？

　　"我来这儿是为了写一篇报道。"说着，我掏出笔记本，摇晃着铅笔，暗示我已经知道了点什么。

　　哈灵顿太太倒吸一口冷气，颤抖起来。

　　少校皱了皱眉，向前探了探身子，

似乎有什么秘密。

　　"抱歉，我夫人十分紧张，"他说道，"这都是因为晚上那些古怪的声音。您也许会觉得不可思议……我们还看到了一些东西。"

"看到什么东西了？"

"这里五十年来都没发生过这样的事情。"安娜贝拉的爷爷说道。

这事儿真刺激,我写下了一大堆笔记。

"两个月前,"少校继续说道,"有个历史学家来拜访我们。他正在做我太爷爷的太爷爷,巴瑟尔罗摩·哈灵顿的研究。"

他转过身,指着墙上的大幅画作。上面画着一位戴着高帽子的白胡子老人,十分引人注目。

"这个人告诉我们,巴瑟尔罗摩是个杀人犯……我们十分震惊,是不是,亲爱的?"

"震惊!"哈灵顿太太回答道,

"为令人震惊之事而震惊。"

少校接着说道："他说巴瑟尔罗摩曾经杀了邻村的一个年轻女人。这太可怕了！太可怕了！"

他用手帕擦了擦自己的前额。

"我们知道这件事以后，没过多久，"哈灵顿太太擦了擦鼻子，说道，"我第一次看到了可疑的人影。"

我用最快的速度记着笔记。"多长时间会出现一次呢？"

哈灵顿太太开始抽噎。

"每天晚上都有，"少校回答道，"一个女人尖叫着，走来走去。我受不了了。我们必须马上把这栋房子卖了。"

两位老人停下来，望着我。他们的脸变成了忧虑的灰色。

"别怕，"我说道，"我就是来帮忙的。"

我站起来，亮出了我的真实身份。

我甩开了大衣，摘下了墨镜，撕下了假八字胡，说道："我是达米安·杜鲁斯，著名的侦探男孩。我是来帮助你们的。"

少校一脸吃惊的样子。"达米安·杜鲁斯？那个天才男孩？"他说道，"我在报纸上看到过有关你的报道。你能过来，我真的太感激了。"

"太感谢了，太感谢了。"哈灵顿太太连忙道谢，脸上露出了笑容。

（我发现她
只剩下一两颗牙
了，但它们是真
的，不像她丈夫
的，看起来像是
假牙。）

安娜贝拉的
奶奶给我们拿来了橙汁和蛋糕。我已
经想到了一个计划，便说道："我周
六过来，在这里过夜。"

哈里戳了戳我的肋骨，小声说
道："别把我落下，你答应过的。"

我吃了一块蛋糕。

"难道你不害怕吗？"哈灵顿太
太问道。

　　我摇了摇头。"侦探只注重事实。我首先要做的是进行调查。"

　　我们又吃了果酱甜甜圈，并答应两天之后会回来，随后便离开了农庄。

第 三 章

第二天，我在操场上召集了我的侦探学院的学员们，有温斯顿、哈里、陶德和他的妹妹拉芙。

我说道："我们今天放学之后去图书馆，好好调查一下安娜贝拉爷爷家那种老房子的情况，看看有什么奥秘，好不好？"

大家都跃跃欲试。

　　那天下午，我们在图书馆门口集合。陶德和拉芙把卷毛儿也带来了。它是一条非常聪明的狗，也是我们侦探学院的一员。

　　"我敢说，戴维斯小姐见到我们会很开心。"我说道。（戴维斯小姐是这里的图书管理员，我们好久都没见过她了。）

　　我们走进去的时候，戴维斯小姐就坐在问询桌后面。我觉得她看起来

有些不安。

"达米安!"她说道,"你把你的朋友们都带过来了。"

"是的,"我回答道,"我们过来搞点研究。"

"研究?"听她说话的口气,好像她根本不懂这个词是什么意思。

"研究如何破案。"我说道。

我们往书架走去,戴维斯小姐大喊着:"达米安,请过来,把你的鞋擦干净。马上!"

(要我说,她真该看看图书馆里贴的告示。)

请保持安静,有人在阅读

为了不惹她生气,我们统统退回

大厅，仔细地把脚底下的泥擦掉。这样就行了吗？并不是！

"把你们的狗领到外面，"她说着，指向卷毛儿，"狗不能进图书馆。"

陶德很不满。"外面太冷了啊，"他说道，"她可能会得肺炎的。"

"是啊，"拉芙说，"她可能会死的。"

"真讨厌。"温斯顿说道。

我向前探了探身子，趴在戴维斯小姐的桌子上，轻声告诉她，狗和人类享有同等权利。

"在我这个图书馆就不行！"戴维斯小姐尖声说道，

用的是那种非常不
"图书馆"的嗓音。

　　紧接着，拉芙
便哭了起来。她想
到心爱的狗狗要被
留下来，拴在一个排水管上。

　　"她会死的。"她哀号道。其他
孩子也一同抗议起来。

　　"你这样做不对。"

　　"你也不会喜欢被丢在外面吧。"

　　"狗也有情感，你明白吗？"

　　一群等着借书的人渐渐排起了长
队，他们可不太高兴，可能他们是爱
狗人士吧。戴维斯小姐有点慌了，脸
也红了起来。

"别担心，戴维斯小姐，"我说道，"卷毛儿很乖的。您只管继续做您的事儿，我干我的。"

我们转身，走到非小说区域，小心翼翼地把卷毛儿拴在一条椅子腿儿上。

这里有许多关于破案的书，我们把它们摆在两张桌子上。

"喂！"一个戴着羊毛帽子的男

人说道，"你们要把整个图书馆都占了吗？"

"我们在为警方工作^①，"我解释道，"我要是你的话，就去儿童区找地方坐。那边非常安静。"

他张大了嘴巴。我猜，他得知像我这么年轻的人竟然在为警方效力，一定很吃惊吧。

我们花了很长时间（至少十五分钟）来查阅这些书籍，收获如下：

"将足够多的大蒜摆在老房子周围，可以起到驱赶坏人、保障房屋安全的效用。"

我在一本破得看不清书名的小薄

---

① 正如我对哈里说的，要是警察能把他们的活儿干好，我也犯不着去帮别人解忧了。

册子上看到了这句话，便把它抄在了我的侦探笔记本上。

等我写完，小分队的其他成员已经没有兴致了。拉芙绕着书架和哈里玩捉迷藏。温斯顿和陶德在地板上来回踢一个纸揉的球。连狗狗都在抱怨。

我不怪他们。毕竟搞研究是件艰难的工作。

"行啦，"写好笔记之后，我说道，"咱们走。"

我们正从大门穿过去，忙着在书上盖章的戴维斯小姐大喊一声"达米安"，并向我招手。

我也向她招了招手。"拜拜，戴维斯小姐。"

她招手招得更使劲儿了。"你们留在桌子上的那些书是怎么回事儿？"

"谢谢啦，戴维斯小姐，"我说道，"它们派上大用场啦。"

做个有礼貌的人总是会得到回报的。

第 四 章

以下就是我的计划——

我会告诉妈妈我要在哈里家过夜。哈里会告诉他妈妈他要来我们家。

"这真是个不错的主意。"哈里说道。

当我告诉妈妈我要出去过夜时，她好像很开心的样子。原来，那天晚上她要请朋友过来吃饭。

"真是个不错的主意。"她说道。

"你能这么想真好，妈妈。"我回答道。

"唉，每次我把朋友叫过来，你总是给我惹麻烦，达米安。"

真是的！有些当妈的就是喜欢找碴儿。

周六早上，我花了些时间来想我该带些什么防身物品。搜罗一番，我发现冰箱里有两头大蒜，可能用得上，但还不够；于是，我顺道拿走了储物柜里的洋葱，但觉得还是不够；于是，我又在花园里挖了一些韭菜。韭菜跟洋葱很像，洋葱又跟大蒜很像，因此我觉得韭菜应该好使。我打算在哈灵

顿少校的房子周围把它们摆成一圈，
没准能派上用场。

到了五点，我把东西装到包里，
还从冰箱里拿了一些好吃的零食。我
觉得，要把坏人盯好，可能会饿得
不行。妈妈送我到门口。"我希望你
在哈里家能表现得好点儿。"她说
道。她还以为我去别人家过夜是去玩
要呢。

她唠叨着，
说要记得刷牙，
要有礼貌，不要
在餐桌上打嗝，
不要抠鼻子，不
要在睡觉的时候

吵架。我敢说，哈里肯定不用忍受这些废话。他的家长很明事理。

一出家门，我便往农庄方向走去。小分队的其他成员都已经等在大门前了。

"好了，用这些东西把房子围起来。"说着，我打开背包，倒出了大蒜、洋葱和韭菜。

"你觉得这管用吗？"哈里问道。

"谁知道啊，"我说道，"咱们就什么方法都试试吧。"

所有东西都摆出来了，但还

是不能围房子一圈。我们索性把它们堆成一堆，放在门口——我们只能这么干了。

之后，小分队的其他成员各回各家，只有我和哈里留下来真正干一番事业。

哈灵顿太太已为我们准备了上好的茶水，还做了面包裹香肠、土豆泥、豌豆，之后又端来苹果派和冰淇淋。真好吃啊！我吃得太饱了，什么都不想干了。

我渴望双脚一抬，斜躺着看会儿电视。但是不行，侦探可不能休息。我们还有事情要做。

"我们今天晚上在哪儿睡呢？"少校打开一小盒巧克力的时候，我问他。

"那些声音会在我们的卧室里出现，"少校边说边把盒子递给哈里，"我猜你们是想在那里盯着？"

"啊！我的天啊，"哈灵顿太太说道，"小小年纪就这么勇敢。难道你们不害怕吗？"

"我无所谓，"我说道，"我以

前接过一些更大的案子。这些都是小菜一碟。"

"我也不怕。"哈里说着，拿起最后一块"浓情牛奶"吃掉了。（这让我有点不爽，这是我最爱的口味。）

"那么，"少校说，"我带你们上楼吧。"

第 五 章

　　房子年久失修。我们跟着少校缓慢地往楼上走时，每一级台阶好像都在嘎吱嘎吱作响。

　　我还听到其他嘎吱嘎吱的声音，那声音像是从少校的膝盖里发出来的。他的膝盖向外凸起，像是会发出各种声响。

　　楼梯的顶端是一条散发着潮气的

走廊，上面亮着一盏小得可怜的电灯泡。

　　这里冷得要命，地板上连地毯都没有。我真是搞不懂，这两位老人家为什么愿意住在这样的地方。要我说，他们需要一栋新的别墅，配上塑钢窗、中央供暖系统，每个屋里再配一台电视。

少校在一扇大橡木门外停下。

"这就是我们的卧室，希望你们住得舒服。"

少校打开门，那门和楼梯就像他的膝盖一样——嘎吱嘎吱，响得很厉害。

"蜡烛就在床边，"他说道，"你们也许用得着。我们这儿最近经常

断电。"

诸位真该来看看这间卧室。房间超大——大概是我家卧室的二十倍。墙上都是木头，而不是那种漂亮的墙纸。可能他们买不起吧。

这里有一张老式的四柱大床，上面用帘子围起来。少校一走，哈里就跳了上去，把它当蹦床使。

"真不错，"哈里说着，翻了两个跟头，"这儿应该有电视吧，对不对？我想看《神秘博士》了。"他做完一个三周跳，便倒在床垫上。"你是不是带零食了？带了吧，达米安？"

我感觉有点饿，因为距离我们吃

完茶点已经过去至少半个小时了。"要
不要这个？"说着，我从包里拿出一
袋墨西哥玉米脆片。它们装在一个大
袋子里——包装非常漂亮——但我感
觉它们就是三角形的
薯片。我是在厨房里
找到它的，还有一些
不知道装着什么蘸料
的小盒子。

　　"还有别的吗？"

　　我又拿出两大卷草莓酥，这是我
在冰箱里找到的，看上去还不错。

　　"我们应该来一顿午夜大餐。"
哈里说道。

　　但我们已经等不到午夜了。我们

就像野餐那样，把零食摆在床上，吃了起来。（这些零食都非常好吃——除了蘸料，里面有一些硌牙的东西，很恶心。）

过了一会儿，我想上厕所。于是，我鼓起勇气，走向漆黑的走廊。我往前走着，打开一扇扇门，但找不到厕所。

我走到了走廊尽头。这时，天花板上那个垂下来的电灯泡开始闪烁。一闪，一闪，又一闪，紧接着就熄灭了。

我突然间独自待在一片漆黑之中。我该怎么办？

我的心怦怦地狂跳着。我用手扶

着墙，想摸回卧室，但还没走多远，就听到一种奇怪的声响。

我站在原地，感到膝盖就像学校乐队里的沙锤那样互相碰撞着。

这时，有个人影出现在黑暗里，那人缓慢地向我靠近。跟在他后面的，是一个稍小一点的模糊的轮廓，几乎看不见。

我以前从来没遇见过这种情形，于是，我做了我唯一能想到的事情——

大声尖叫。

"啊啊啊啊啊啊啊啊啊啊！"

我飞也似的沿着走廊往回跑，一头冲进了卧室，猛地把身后的门关上了。

啊啊 啊啊 啊啊

　　哈里坐在床边上，点燃了一根蜡烛。

　　"停电了。"他说道。

　　"那些人把电给停了，"我喊道，"他们控制了电源。那两个坏人就在走廊里。"

　　"你说什么呢，达米安？"哈里说着，把点亮的蜡烛放在床头柜上。

　　"我看见了。帮我把抽屉柜搬到门那儿去。咱们不能让他们进来。"我说道。

　　哈里虽然反应有点慢，但身体特

别强壮。我们又是拖，又是拱，一起把抽屉柜推了过去，终于把门堵住了。

可挪完之后，哈里说道："这样做有什么用啊？坏人要是想进来，总会有办法。"

哈里不总是对的，但这次没准被他说中了。没有哪里是绝对安全的。我们处在极度危险之中。

第 六 章

　　作为全校首屈一指的名侦探，我必须做好榜样，不让哈里发现我的恐惧。门外传来了声响，我跳到床上，冲着门高喊道："别想吓我，我有办法让你们完蛋。"

　　这是句虚张声势的话，我希望能把那两个人吓走。

　　但声响再次传来。我感到胃里一

阵翻腾，就像巧克力工厂里的巧克力
酱那样。

　　我不得不承认，哈里看起来不怎
么害怕。他把耳朵贴在门上。

　　"快听，"他说，"那人正在说
'什么'。"

　　"什么？"我问道。

　　"嗯，什么。"

　　"什么？"

　　"对，他说的就是'什么'。"

他就是在瞎扯。

"过来，达米安，"他坚持说，"再听听。"

为了不扫他的兴，我勉强把耳朵贴在门上。令人吃惊的是，我真的听到了只言片语。

"怎么回事儿？"一个声音说道。

我们把柜子推到一边，打开门。原来刚才我看到的压根儿就不是什么可疑的坏人。少校身穿一条白色长睡袍站在门外，他后面站着身穿白色过膝睡裙的少校夫人。

是我搞错了，这有什么好奇怪的？

"我们听见你在尖叫，"少校说道，"我猜停电的时候你很害怕吧？"

我摇了摇头。"黑暗吓不倒我。我很淡定。"

"好吧，如果你确定的话……"

"确定，你们不用担心我俩。"我说道，"事实上，我们迫不及待地想撞见坏人呢。"

　　少校微笑地看着我。我想，我们能来帮忙，他一定感到很欣慰。过不了多久，他就可以和所有麻烦说"再会了"。

　　少校夫人手持烛台，对我们说："我们现在要回去睡觉了，亲爱的孩子们。明天早上应该就能来电。晚安。"

　　他们转身沿着走廊下楼了。我们关上了门。

　　"这么说来，根本就没有什么坏人。"哈里说。

　　"对。你不用担心的。"我说。

　　"我本来就不担心啊。"哈里说。

　　"我告诉过你什么？"我说道，"保持淡定最重要。"

我们说好轮流守夜。哈里爬上了床，很快就像一头老山羊那样打起了呼噜。

我坐在扶手椅上，保持着十分的警惕，手里拿着我的笔记本。

然而，就在十点五十分的时候，出事儿了。

门把手被转开了。我笔直地坐着，双眼紧盯着那扇大橡木门，只见它缓缓地、缓缓地打开了。旧门闩嘎吱嘎吱地响着。

我害怕了吗？

没有。

我慌张了吗？

没有。

我大叫了吗？

没有。

这次，我早有准备。

第 七 章

　　一股凉风袭来，一个人影缓缓顺着敞开的门滑了进来，飘入屋内。诸位真该见识一下。他从头到脚都是白的，除了脑袋上那顶黑色的高帽。他和炉火旁墙上那幅画里的男人一模一样，包括胡子。毋庸置疑，这人装扮得就像哈灵顿少校的那个祖先。

　　当然，我并不害怕，但我决定先

躲到床底下去。

这样，我就可以在不被发现的情况下观察他。

没过多久，又有一个女人走进屋里来了。这个女人也是一身白衣，但比第一个人体型要小，披着一条灰色的披肩。她手里提着一个摇篮，我猜那里或许有个小婴儿。

我想，这个女人装扮的可能就是那个被杀死的邻村女人。

接下来，我从床下看到那个男人转向了那个女人。接着女人发出一阵阵尖叫，这尖叫声如此凄厉，我不禁捂住了耳朵。

正当我准备跳出来拿大蒜砸向那个男人时，床垫突然震动起来。哈里醒了，一开始，我以为他肯定会被吓得瑟瑟发抖，但现实是，哈里像人猿泰山那样抓住床的横梁，荡了几圈，接着便撒开手，向那个男人猛踢过去。

"放开她，你这个混蛋。"他大叫着，一脚踢中了那个男人的肚皮。

男人尖叫一声，摔倒在地，踉踉跄跄地朝门口走去，帽子掉在地上，露出一头浓密的黑发。这根本就是个诡计。

那个男人如一道闪电般快速冲出

了屋子。

　　"哈里，快跟上他！"我在床下大喊。

　　不巧的是，哈里还没反应过来，那个男人就已经跑过走廊，从落地窗爬了出去。

"别在那儿傻站着啊，哈里！"我说道，"堵住另一个人！"

那个女人很狡猾。她把披肩甩到哈里头上，把他推到一边，也从门口跑了出去。

"运气真差，"我说着，从床底下爬出来，"下次动作得快点儿。"

几秒钟之后，就传来了玻璃被打碎的声音，紧接着又是一阵尖叫。那个女人顺着窗户往外爬的时候失手了，摔在了温室大棚上。

"咱们走，哈里，"我说道，"跟我去花园。"

这一阵阵声响惊醒了少校和他的

夫人。他们迷迷糊糊地从客房里走出来。

"一切尽在掌控之中。"我们从少校身边冲了过去。少校以他那个嘎嘎作响的膝盖所能承受的最快速度跟在我们后面。

冲出正门的时候，我从一堆洋葱和大蒜上面跳了过去。哈里也跟着跳了过去。

但少校没有注意那堆洋葱大蒜，结果被绊倒了。

随即，少校夫人被少校绊倒了。

我们没有时间扶起两位老人，前面还有坏人要抓。

　　哈里和我急匆匆地穿过草坪，跑到菜地边上。我们很走运，那个女人正一瘸一拐地走在成排的荷兰豆之间。我冲上去，一下子跳到了她面前，举起木棍和大蒜。

"我是达米安·杜鲁斯,"我说道,"我现在要逮捕你,因为你犯了……"

"搞什么?"她说道,"你这个小屁孩儿。"

说着,她用那个婴儿(不是真的孩子)猛击我的肩膀,害得我拉着哈里向后滚到一片黑莓茎上。这可疼得

要命。这时，安娜贝拉的奶奶站起来了。她走过来，用一长串洋葱猛击那个女人的头，打得她晕头转向。

搞定一个，还剩一个。

"那个男人肯定就在附近，他跑不了。"我一边低声对哈里说着，一边试着把那些黑莓茎上烦人的刺从后背上拔出来。

"怎么办，达米安？"

"我有办法。"

这附近肯定有辆用来逃逸的车，对我来说，这再明白不过了。我走到大街上，很快就发现了那辆车。那是一辆亮红色的车，是那种发出的声响像跑车但又不是跑车的车。根据我的经验，这就是坏蛋爱用的车。

"看好了，学着点。"我对哈里说。

我溜到这辆车旁边，俯身把前胎的气给放了，然后是后胎。我还没来得及弄完，便看见那个男人翻过农庄的外墙，跑向了我身旁的人行道。

"快躲起来。"我对哈里说道。我俩退到一片阴影下。

只见那个男人向大街上跑过去，但他并没有跑向那辆红车，而是跳进了一辆破破烂烂的绿色汽车。

这是不走运还是怎么着？

第 八 章

必须承认，这一次，警察真的很给力。

当那个男人正要把车开走时，一辆警灯闪烁、警笛高鸣的警车从路上冲过来，猛地一转弯，停在了路中间，挡住了男人的去路。

一位女警官走出警车，我向她冲了过去。

"您来得太及时了。"我说道，"我是达米安·杜鲁斯，顶尖侦探。我猜老基特警官向您提起过我。"

她给了我一个怪异的眼神。"我是哈妮警官，"她说，"是不是你给别人的车胎放了气，小朋友？①"

我并没有理会她的提问。"我能提供关于这个案子的信息，"我说着，指向绿色轿车里的男人，"就是他干的。"

"难道是他给车胎放了气？"我还没来得及解释，哈妮警官就疾步走到那个男人面前。那个男人试图逃跑，这让她意识到他肯定做了坏事。

———————————

① 显然，一个住在对面的男人是那辆红色轿车的主人。他看到我给车胎放了气，就报警了。

接下来，事情进展得有点快。又一辆车从路上疾驰而来，后面还跟着一辆白色货车。它们都在警车后面刹住了车。我立刻认出了这两辆车，一辆是我妈妈的货车，另一辆是哈里爸妈的小汽车。

"达米安！"妈妈大吼一声。她看上去不太高兴，我猜可能是因为她的晚餐派对进展得不顺。

我想给她讲讲都发生了什么事儿。您也许会以为，她很想知道我是怎么揭穿这个骗局的。事实上，她并不想知道。

她大吼道："我发现你不在哈里家的时候都快疯了。多亏了陶德和拉芙，我才知道你在哪儿。"

　　我想我得和陶德还有他妹妹好好谈一谈了。泄露信息的后果可是非常严重的。

　　妈妈并没有冷静下来。

　　"你不告诉我，就把我为晚餐派对准备的零食都给拿走了。"

“我就拿了一点。”我解释道。

妈妈咆哮着。

哈里的爸爸和妈妈也咆哮着。

那辆破烂跑车的主人上下跳脚，不停地抱怨着他那漏气的车胎。

那个女人厉声尖叫，少校拽着她走向警车。

那个男人向要以形迹可疑为名逮

捕他的女警官怒吼着。

　　然后，某个住在瑞格比路的人报了警，说这里正有一场骚乱。于是，又有三辆闪着蓝色灯光的警车驶来，这让马路看上去像个停车场。

　　我看到老基特警官在他们之中，不禁长舒了一口气。

　　"达米安！"他从最前面的车里

走了出来，"为什么你掺和这些事儿，我一点都不觉得奇怪呢？"

我笑了笑，转向哈妮警官。"看见了吧。我跟你说过我很有名的。"这下她见识到了。

"你最好来一趟警局，达米安。"老基特警官说道。

"没问题，我一直很乐意为警察提供帮助。"

第 九 章

又是一次凯旋。老房子一案登上了本地报纸的头条。所有人都很吃惊：本地房产中介斯奈尔先生和他的秘书普林罗斯·多布斯经常给农庄断电，还装神弄鬼闯入房内，想吓唬安

娜贝拉的爷爷奶奶，让老人家卖掉房子，这样他俩就可以在庄园所在地建一大堆房子，挣上个几百万。

"很明显，一直以来都是这些人在搞鬼。"周一早上，我向安娜贝拉解释道。

"难道你不害怕吗，达米安？"她问道。显然，她被深深震撼了。

"当然不，"我说道，"有些人可能会非常害怕睡在阴森的老房子里，但这对我来说不算什么。"

哈里哼哼道："你要是不怕，那你躲到床底下干什么？"我朝他翻了个白眼儿，他还有太多东西要学习。

妈妈像往常一样不高兴。她让我

在家里干一大堆活儿——用吸尘器清理灰尘、打扫房间……各种活儿。

"你必须学会负责任地办事，"她说，"你把我的零食都拿走了，我的晚餐派对被你毁了。更不用说，厨房一片狼藉。"她还不住地抱怨花园里的事情。"你是怎么想的，竟然把我的韭菜都给挖了？"

我不想费心去解释了。

至少少校和少校夫人很满意，是我把他们从一对罪犯手里救出来了。他们邀请我和安娜贝拉去喝茶。（哈里来不了，因为他数学考试挂了，得待在家里做课外作业。）

安娜贝拉大口地吃着草莓果酱和

烤饼，我在一旁给她讲我用过的各种
侦察手法。我给她讲了我之前破过的
一些案子，还给她解释了我在她爷爷
家抓捕坏人的策略，一步接一步地讲。
正当我要对各种罪犯类型进行总结
时，她突然想起了一件至关重要的事
儿——她得去清洗她家豚鼠的笼子。

　　我提出要跟她一起去，继续我们的话题。然而，她只是说："我不这么认为，达米安。谢谢你的提议。谁知道呢？没准以后我也会有个自己的侦探学院。"

　　然后，她就咯咯地笑了起来。

　　也许我永远都不会明白女孩儿的心。